KB169859

글 그림

pan'n'pen

매일 다른 오늘에 관한 기발한 기록

글 그림

이철민

2012	9	28	Pool Moon
	10	26	Don't Leave
	10	28	Meating
	10	28	Painting
2013	2	15	브르콜리와 가는 마지막 비상구
	3	1	작심3.1
	5	1	MAY DAY MAY DAY
	5	18	산자여 따르라
	6	11	섭氏
	7	2	장화 신은 고양이
	7	8	STILL CANDLE
	7	11	EARTH or US
	7	15	녹수
	7	15	雨歌
	7	19	TRY WHEELS
	7	19	잃어버린 것인지 잊어버린 것인지
	7	23	장맛비
	7	26	화가 난다
	7	27	한 공기 추가요!
	8	8	날씨
	8	9	휴~가 필요해
	8	22	Arm So Happy
	8	31	비 with You
	9	20	달랑
	10	1	FALL IN LOVE
	10	5	낮잠
	10	9	풍선초씨 호박씨 민들레씨 글씨
	11	15	WRITE NOW
	12	10	Rolihlahla,Nelson,Dalibhunga,Madiba,Tata,Khulu.Mandela
	12	12	눈탱이 밤탱이

2014	1	1	새해
	1	6	두렵냐? 나도 그렇다
	1	10	책임
	2	11	무늬목
	2	11	안경잡이
	2	13	산산조각 풍비박산
	3	14	그림자
	3	17	가락시장
	3	31	친구라면서 지금 뭐하는 건데
	3	31	벗나무
	4	10	술이술이 마술이
	4	14	TRY IT MORE EARLY
	4	18	눈물도 물이 되어 보태질까 울지도 못합니다
	7	2	면식범
	7	9	관행
	7	13	IS REAL? ISRAEL!
	7	24	YELLOW SUBMARINE
	8	14	나빌레라
	9	5	보름달 떠오르듯이
	9	7	전도사
	9	29	거리에서
	10	13	달동네
	10	13	봉다리
	10	14	봄 여름 가을 겨울
	10	19	감 떨어지는 날
	10	22	지방축제
	11	11	밟지 마라
	11	21	삶은 사는 것
	11	27	무지개
	12	3	雪잠
	12	5	NOT SAME NOT SHAME
	12	15	기달림

2016 1 20 꾸밈

1 20 행동거지

1 24 잔소리

1 26 변심

2 11 지적 대화

3 7 마음 조림

3 9 쳐다 봄

3 15 또박또박

3 17 별책부록

3 22 자연스러운 생각

5 6 아이야!

6 13 몫소리

6 14 별첨

6 22 빗질

7 4 단식

7 5 Let It 비

7 13 바람결

7 19 조기교육

7 24 더더더 더위

8 5 맴맴맴 내맴 좀 받아주

8 18 굿 포 유

8 28 드링킹

8 28 산책

8 31 돈워리

9 9 JOB 놈

9 13 전지전능

10 1 색약

10 3 파도나무

10 16 지은이

10 24 마음을 읽히다

10 24 바퀴벌레

11 2 낙엽이 구른다

11 22 직박구리

12 26 섬

PUT YOUR HANDS UP

2012

풍덩!
빠지고 싶은
달이 떴다.

2012 9 28
年 月 日

Pool Moon

떠나지 마세요,
이제야 당신이 좀 보이는 것 같은데….
옷을 갈아 입을 때부터 알아챘지만
이렇게 급히 떠날 줄은 몰랐지요.
그토록 예쁜 옷가지를 어디에 숨겨 놓았다가
서둘러 챙겨 입고 떠나는지
섭섭하다 못해 서운합니다.
가을.

2012 10 26
年 月 日

Don't Leave

기다리게 되며
상기되고
설레기도 하여
너무 좋다.
그래서 미안하기도,
고맙기도 하여
옷이라도 단정하게
차려입고 나간다.

2012 10 28
年 月 日

MEATING

쉽게 그려지지 않아 괴롭다.
그렸는데 마음에 들지 않아 죽겠다.
내 그림인줄 알았는데
남이 먼저 그린 그림이라
고통스럽다.
그리는 것이 고통이 되는 순간.
Pain-ting

작업이 끝나면 항상 구글 서칭을 해본다.

2012 10 28
年 月 日

Painting

007 빵

2013

당신과 함께 간다면 확실한가요?
마지막 희망 같은 것일까요?
그렇다면 우리
함께 가요.

다이어트를 고민하며

2013 2 15
年 月 日

브르콜리와 가는 마지막 비상구

작심한 날입니다.
잃지 말고
잊지 말자.

2013 3 1
年 月 日

작심 3.1

끊임없이 신호를 보내지만
여전히 응답은 없고
여전히 노동의 값은 싸고
행복은 비싸다.

오월은 노동절로 시작합니다.

2013 5 1
年 月 日

MAY DAY MAY DAY

왜 아직도 묻지도 따지지도 못하는가!
묻고 뜯고 씹고 갈기고.

2013 年 5 月 18 日

산자여 따르라

이보시게, 섭씨!
올해도 대단했어!

2013 年 6 月 11 日

섭 氏

비가 많이 내릴 때면
고양이들에게 장화를 신겨주고 싶다.

밖의 친구들이 걱정되는 밤.

2013 7 2
年 月 日

장화 신은 고양이

아무리 짓밟아도 우리는
여전히 그곳에 서 있다.
그래서 우리는 강철보다 강하다.
Still there, steel candles.

2013 年 7 月 8 日

STILL CANDLE

우리 다같이 살아 갑시다.
지구인들.
Earth is Us!

2013 年 7 月 11 日

EARTH or US

장맛비의 색깔은 녹색이 틀림없다.
장마가 지나가고 나면 모든 것이 초록이다.

2013 年 7 月 15 日

녹 수

누군가 신나게
기우제를 지내나 보다.
우가우가 우가차차!
우가우가 우가차차!

2013 年 7 月 15 日

우가 차차 우가
우가
우가 차차
우가 우가
雨歌

처음 자전거를 배울 때처럼
트라이 해보는 것이야.

2013 年 7 月 19 日

TRY WHEELS

잊은 것일까?
잃은 것일까?
기억 나지 않는 것들이 꽤 있는데
아무리 돌아봐도
생각조차 나지 않으니
아무런 감정도 없는 것이 맞는데
짐작도 못하는 어떤 것 때문에
가슴이 먹먹해진다.

문득, 중요한 것을 잊어버린 것 같은 기분

2013 7 19
年 月 日

잃어버린 것인지 잊어버린 것인지

올해도 제대로 된 장맛 비 좀 맞아야지.
맛있게 잘 익어가면 좋겠다.

2013 年 7 月 23 日

장맛비

화를 키우거나,
꽃을 키우거나.

화를 키워 홧병을 얻거나,
꽃을 키워 화병을 얻거나.

2013 年 7 月 26 日

화 가 난 다

한 공기 푸짐하게
걱정 없이 먹었으면 좋겠다.
하루에 세 번 꼬박꼬박 챙겨 먹는 끼니보다
매 순간 챙겨 마시는 공기가
더 중요하다는 것을 모두가 아는데
다들 모르는 것처럼 행동한다.

2013 7 27
年 月 日

한 공기 추가요!

어떤 씨가 뿌려졌는지
알만한 날씨다.

날씨 농장.

2013 年 8 月 8 日

날 씨

'휴~'가 필요해.
깊은 숨을 마음껏 쉴 수 있는 시간이 필요해.
휴가는 숨을 크게 고르는 시간이다.
멀리 여행을 떠날 수 있고
미뤄둔 영화를 실컷 볼 수도 있어 좋다.
하지만 숨 한 톨 마음껏 쉬지 못했던 이들에게는
그저 시간이 필요하다.
'휴~우~' 하고 깊고 시원하게 마음껏
내뱉는 한숨의 시간이.

2013 8 9
年 月 日

휴~가 필요해

내 팔 위의 모든 것이 행복하다.
팔 위로 부스럭거리는 소리, 비벼대는 소리가 전해진다.
심장 박자에 맞춰 신이 난 두근거림과 행복함이
살짝 눌린 혈관을 타고 따뜻하게 전해진다.
살그머니 실눈을 뜨고 내 팔을 베고 있는 머리 셋을 바라본다.
미치고 팔짝 뛸 만큼 행복하다.

2013 8 22
年 月 日

Arm So Happy

비 내리는 날
아이를 마중하며 같이 걷는다.

비가 내리면 비가 내려서
눈이 오면 눈이 와서
바람이 불면 바람이 불어서

그런 이유라도
항상 옆에 있을게.

2013 8 31
年 月 日

비 With You

달랑달랑 감들 사이로 달님도 달랑 걸려 있네.
보름이라 달님 찾아 한참 동안 하늘을 두리번거린다.
앙상한 감나무 가지에서 잠시 쉬는지,
몇 개 남지 않은 감들과 무슨 이야기를 나누는지,
감들 사이에 달님이 달랑 걸려 있네.

2013 9 20
年 月 日

달 랑

가을은
여름의 마지막 사랑일까
겨울의 첫사랑일까.

계절이 바뀌는 때 문득

2013 10 1
年 月 日

WINTER
FALL IN LOVE

"아이쿠, 내 정신 좀 봐!"
낮잠에 들었던 할머니가 화들짝 깨어나 창밖을 보며
달게 잤던 자신을 책망한다. 서둘러 쌀을 씻고, 불을 지핀다.
잠시 졸았던 자신을 꾸짖으며,
그다지 바쁘지 않은 일인데 서둘러 주섬주섬 챙긴다.

솔솔 부는 바람에 꾸벅꾸벅 졸던 학생이 화들짝 놀라 깬다.
잠시 졸며 놓친 공부를 종종 쫓아간다.
그다지 바쁘지 않은 공부인데 급하게 쫓아가느라
글씨가 날아 다닌다.

나무 밑에서 잠시 쉬던 배달 아저씨가 화들짝 깨어나
오토바이에 시동을 건다. 연신 죄송하다는 전화를 돌리며
시원한 그늘이 드리운 나무를 흘겨 본다.

잠시 햇볕이 가려진 틈에 나도 스르르 눈을 감아 본다.
낮잠 조금 잔 것이 뭐 그리 큰 잘못이라고….
이 좋은 낮잠에 죄 값을 지운 이가 누구인지
얄밉다 못해 화가 조금 난다.

2013 10 5
年 月 日

낮 잠

풍선초 씨
호박 씨
민들레 씨
글 씨

우리 글씨
맵시 있게
잘 키워내자.

2013 10 9
年 月 日

나랏말ᄊᆞ미 듕귁에 달아

ㅎ

풍선초씨 호박씨 민들레씨 글씨

생각이 떠오를 때 바로 써라.
미루어 두었다가 나중에 쓴 문장은 만족스럽지가 않다.
메모는 현장감이 중요하다.
현장의 공기를 빌려 쓰기 때문인지 알 수 없으나
그 자리를 떠나, 미뤄 쓴 메모는
내용이 명확하지만 긴박함이나 번뜩거림은 없다.
의외로 잘 정리된 문맥 때문인지,
길게 설명된 문장 때문인지
마냥 잔잔하기만 하다.

2013 11 15
年 月 日

WRITE NOW

롤리랄라 Rolihlahla : 개구쟁이
넬슨 Nelson : 영국 선생이 지어준 이름
달리붕가 Dalibhunga : 새로운 권력자
마디바 Madiba : 존경 받는 어른
타타 Tata : 아버지
쿨루 Khulu : 위대한
그리고 그의 이름 만델라 Mandela.

당신을 부르는 여러 이름을 통해 당신의 생을
알 수 있네요. 하지만 수많은 이름보다
당신의 용기 있는 행동을 기억하겠습니다.

넬슨 만델라 서거

2013 12 10
年 月 日

ROLIHLAHLA, NELSON, DALIBHUNGA, MADIBA
TATA, KHULU. MANDELA

눈탱이와
밤탱이가
만나는 계절

눈이 내리면
짖궂은 생각도
같이 내린다.

2013 12 12
年 月 日

눈탱이 밤탱이

리 싸이클

2014

주문하지 않았는데
매해 어김없이
새 것을 받는다.

2014 年 1 月 1 日

새해

알다시피 복어는
위협을 느끼면 몸통을 부풀린다.
우리도 두려울 때면
몸통을 한껏 부풀려 두려움을
감추려 한다.
하지만 두려움으로
몸통을 가득 채워 부풀렸기에
이내 들통나고 만다.

2014 年 1 月 6 日

두렵냐? 나도 그렇다

책을 짓다 보면
좋은 책이 될 수도 있고
부족한 책이 될 수도 있다.
모든 책에는 늘
책임이 따라야 한다.

2014 1 10
年 月 日

책 임

나무는 어떤 무늬를 가지고 있든 참 아름답다.
문득 고맙고 미안하다.

2014 2 11
年 月 日

무늬목

노안이 왔어요ㅡ
노안이 왔어요ㅡ
노안이!

2014 2 11
年 月 日

안경잡이

산들이 나무들이
산산조각 풍비박산 나고 있다.

2014 年 2 月 13 日

산산조각풍비박산

나를 닮은 그림
내 그림자.

흐릿하고 뿌연 그림자가 마음에 들지 않아
진하고 또렷하게 그림자를 그려 본다.
내가 그린 내 그림자.

2014 年 3 月 14 日

그림자

뿡짝 뿡짝 뿡짜작 뿡짝
흥이 나지요.
가락에 맞춰 모두 춤을 추지요.

2014 年 3 月 17 日

가락시장

나는 동물원을 반대한다.
그 이유는 동물인 우리가 더 잘 알 것이다.

2014 3 31
年 月 日

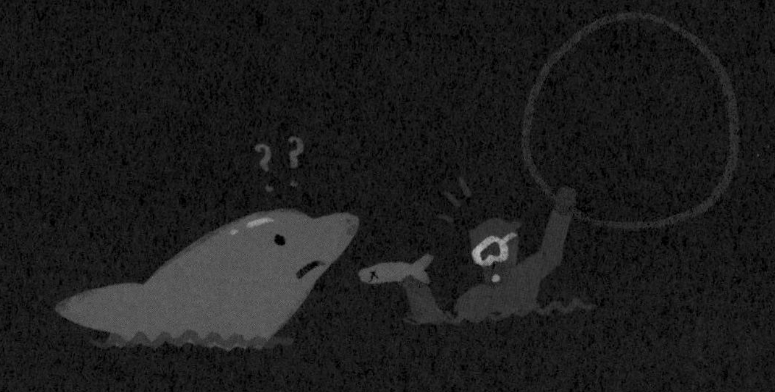

친구라면서 지금 뭐하는건데

벚꽃 놀이보다 벗!
함께 꿈을 꾸고 꿈을 나누는 사이
벗.

2014 3 31
年 月 日

벚나무

술이술이 마술이
이루어져라!
무엇이든지 이루어 질 수
있을 것 같은 시간!

2014 4 10
年 月 日

술이술이 마술이

그 흔한 타임머신 하나도 없다면
시간을 벌 수 있는 유일한 방법은
바로 지금 시작하는 것 밖에는 없다.
시간을 아끼고 싶다면
지금! 바로! 당장!
그 일을 시작하는 것이
시간을 버는 방법이다.
Try It More Early!

2014 年 4 月 14 日

TRY IT MORE EARLY

물 속에 갇힌 아이들과 사람들을 생각하면
눈물도 물이 되어 보태질까 울지도 못한다.
우리가 바라는 일들이 대단한 것이었는가?
우리가 바라는 것은 아주 작고 당연한 것들 뿐이다.

세월호가 이틀째 구조되지 못하고 있다.

2014 年 4 月 18 日

눈물도 물이 되어 보태질까 울지도 못합니다.

과체중의 범인은 바로
면식범일 경우가 많다.

2014 年 7 月 2 日

면식범

관행이라 촌지를 받고
관행이라 전관예우를 받고
그 정도 비리는 관행이라고 한다.
그리 관행을 좋아하니
관으로 보내드리는 것이 인지상정일 듯.

2014 7 9
年 月 日

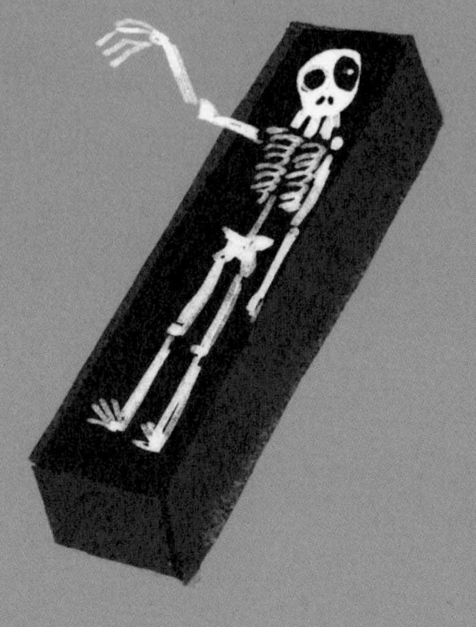

관 행

이스라엘!
어른스러운 국가가 되자.
여태껏 학살로
이루어 낸 것이 있었는가?

이스라엘 가자 지구 폭격으로 아이들을 포함한 민간인 사망

2014 7 13
年 月 日

IS REAL? ISRAEL!

In the town where I was born,
Lived a man who sailed to sea.
And he told us of his life
In the land of submarines.
So we sailed up to the sun,
Till we found the sea of green,
And we lived beneath the waves,
In our yellow submarine.
We all live in a yellow submarine,
And our friends are all aboard,
Many more of them live next door.
And the band begins to play.

다 그렇게 함께 살았으면 좋겠다.

2014 年 7 月 24 日

YELLOW SUBMARINE

기원하고 염원합니다.

2014 8 14
年 月 日

나 빌레라

보름달이 떠오르듯이
모든 것이 수면 위로
떠올랐으면 좋겠다.

2014 年 9 月 5 日

보름달 떠오르듯이

우리 집에 전도사가 오셨다.
명절과 제사 때마다 오시는데
항상 미안하고, 고맙습니다.

2014 年 9 月 7 日

전도사

오늘도 거리를 방황한다.
거리는 우왕좌왕하게 만든다.
해답을 찾듯이 이정표를
뚫어져라 쳐다보지만
이정표는 가야 하는 방향만 가리키며
뾰족하게 노려보고 있다.

2014 9 29
年 月 日

거리에서

달동네는 따뜻한 동네일 것이라고 생각한 적이 있다.
의미야 틀렸지만 아직도 그렇게 되기를 바란다.

2014 10 13
年 月 日

달동네

다리가 쑤욱~쑤욱~ 하고
생겨났으면 하는 때가 있다.
봉~다리!

어떤 날 아내가 칭얼거리는 아이를 안고
봉다리를 치켜 들어올리며 뒤뚱뒤뚱 걸었을 것을 생각하니
미안한 마음이 뒤통수를 치고 간다.
봉 다리야 쑥 나와라! 그러면 내가 덜 미안할 것 같구나.

미안한 마음은
서로 마주 보고 있을 때 드는 것인 줄 알았는데
어디선가 날아온 돌멩이를 맞는 것처럼 불현듯
솟아나기도 하나보다.

아이를 안고, 장바구니를 들고 횡단보도를
건너는 어느 아이 엄마를 보다.

2014 10 13
年 月 日

봉다리

계절이 오는 방향

봄은 오고
여름은 보내고
가을은 가고
겨울은 난다.

2014 10 14
年 月 日

봄 여름 가을 겨울

감 떨어지는 날이 있으면
감 오는 날도 있겠지.

2014 10 19
年 月 日

감 떨어지는 날

축제가 많은 계절이로구나!
지방 축제로구나!

2014 10 22
年 月 日

지방축제

밟지 마라.
당신들이 함부로 밟을 낙엽이 아니다.

광장에는 세월호를 짓밟고 다니는 무리들이 생겨났다.

2014 11 11
年 月 日

밟지마라

삶을 사는 것도
점점 비싸진다.

2014 11 21
年 月 日

삶은 사는것

무지개처럼 보이는 사람들이 있다.
그 화려함에 다가가 보면
이내 무지 개 같은 사람이란 것을 알 때가 있다.

2014 11 27
年 月 日

무 지 개

눈이 내리는 것을 알고 잠자리에 든 아이들은
설(선)잠을 잘 수밖에 없다.

2014 12 3
年 月 日

雪잠

창피함이란,
선택할 수 없는 것에 대하여 차별하는 것.
같지 않다는 것은 차별할 일이 아니다.
Shame on you!

2014 12 5
年 月 日

NOT SAME NOT SHAME

늦는 사람보다
기다리는 사람의 마음이
더 종종거린다.

2014 12 15
年 月 日

기달림

Abracadabra

2015

램 수면이 필요하다.
양을 세다 잠들면
램 수면에 이를 수 있는 건가.

2015 年 1 月 11 日

램수면

요즘 이래저래 가장이 가장 힘든 때인 것 같다.
돌이켜보면 가장이 가장 힘들지 않았던 적이 있을까.

2015 2 4
年 月 日

가장자리

똥을 빚건
예술을 하건
우선 시작을 해야 가능하다.
'시작'이 'art'이다.

2015 年 2 月 15 日

START

무료함은 무료이니
마음껏 즐기면 된다.
무료함은 온전히 내 것이니
부담스러워할 필요 없다.
무료함은 가슴 두근거리는 일을
기다리는 시간이라서
설레는 마음이 생기면 스르르 사라진다.
그러니 무료함이 그저
무료한 것만은 아니다.

2015 年 2 月 17 日

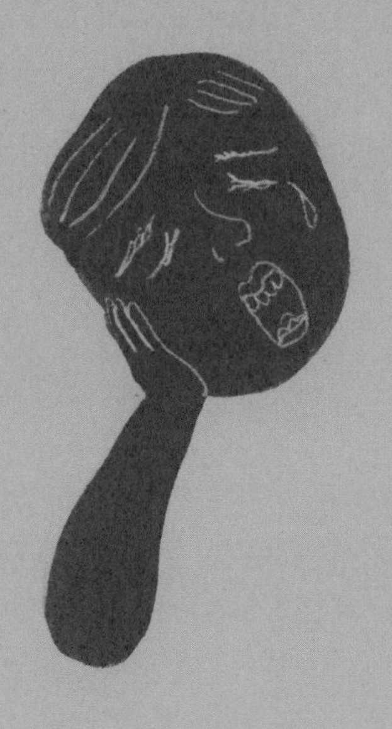

무료함은 무료

명절이 지나고 나면
마나님들은 몸살을 앓고
나는 몸 살이 오른다.

설날이 찾아왔다.

2015 年 2 月 21 日

명절 후 몸살

개 꾸짖다.

작작 좀 해라.
창피를 모르는 인간들아!

2015 3 7
年 月 日

꾸짖다

꽃 피니 봄이던가
봄이니 꽃 피던가.

2015 年 3 月 25 日

꽃 피니 봄

보고 또 보고
또 봐도
좋은 것을 어떡하지.

2015 年 4 月 6 日

보고 또 봄

꿀피부?
그거 별거 있나!

2015 年 4 月 17 日

꿀 피 부

꿈에서도 일을 했다.
일어나니 피곤하다.

2015 年 4 月 27 日

DREAM WORK

일러스트레이터는 그림을 일로 하는 사람이다.
그림이 일이고 일이 그림이다.
일을 그리고 나서 일그러지는 일이 꼭 있다.
그리는 일을 하는 우리는
그리는 일이 싫어지지 않기만을 바랄 뿐이다.

2015 年 5 月 14 日

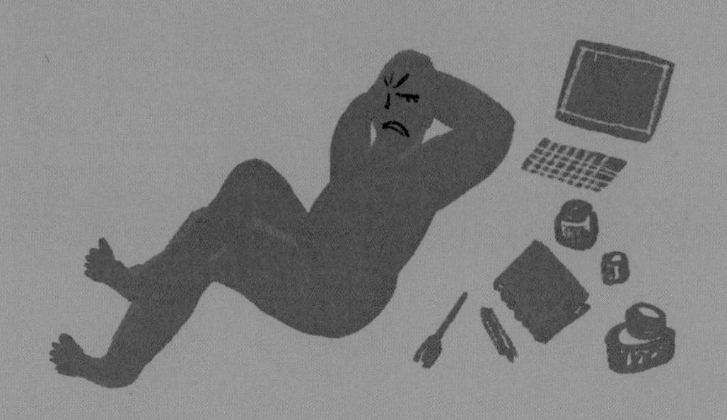

일 그리고 일그림

고마움이 나오는 곳은
입이 아니라
마음으로부터,
제발.

2015 年 5 月 28 日

고마음

규율을 앞세운 정의사회보다
정情의 사회가 먼저여야 한다.

2015 年 5 月 29 日

情의 사회

비를 피해 나무 밑으로 걷는 내내
잎사귀들의 갈채를 받았다.
갑자기 송구스러워져서
박수 받을 만한 일을 굳이 생각해내어
겸연쩍음을 무마했다.
응원, 고맙습니다.

밤 산책을 나갔다가 비를 만났다.

2015 7 27
年 月 日

나무들에게 갈채를 받다

가장 행복해지는 시간.
이 순간만큼 부러울 것이 없다.
지글거리는 소리에
지글거렸던 마음도 잦아든다.

아내가 없을 때 구워 먹는 스팸

2015 年 8 月 3 日

햄 복

구름들이 층층이 쌓이더니
마른 번개가 몰아치고 꽤 소란스럽네.
민원이라도 넣어야 하나?

2015 年 8 月 13 日

층간소음

들어선 뒤로 30분째 줄곧 생각하고 있다.
나와 종족이 다른 것일 수도 있다는 생각.

다시 운동을 할까 고민하던 중에 들른 헬스클럽에서

2015 8 18
年 月 日

HELL'S CLUB

일이 안 풀린다고
바쁘다고 덥다고 잊었던 울음을
귀뚜라미 한 마리가 찌르르르 울어 주니
고맙고 미안하다.
잊지도 잃지도 않겠다.

집에 돌아가는 길에, 귀뚜라미 울음소리를 듣다가

2015 8 26
年 月 日

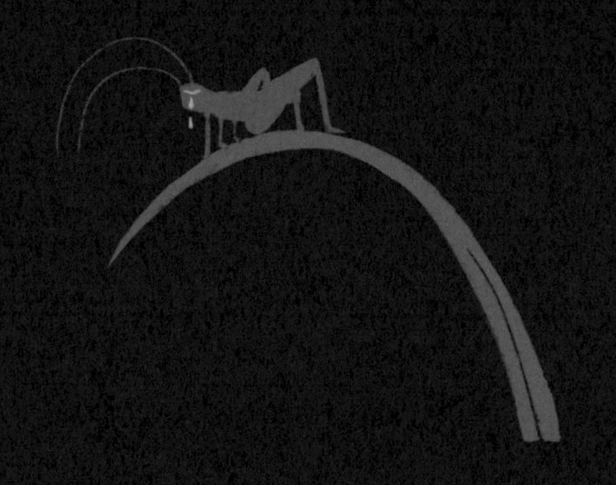

찌르르 울어 주네

매년 고생이 많습니다, 문 선생!
올해도 잘 부탁드립니다.

2015 年 9 月 26 日

문 라이트

비 컴 하니
가을이 오도다.
Become autumn.

2015 10 1
年 月 日

비 겁

등 떠미는 바람에
바람에 등 떠밀려
동네 한 바퀴 더 돌았다.

바람이 무척 많이 불던 저녁

2015 10 2
年 月 日

등 떠미는 바람에

미안함이 차올라 울음으로 비워내고
또 차오르면 또 비워 냅니다.
그렇게 같이 갑시다.
비도 울어주는데 말입니다.

2015 10 11
年 月 日

비 운다

서로 싫어하는 것을
서로 좋아하는 것을
배우는 사람들.

2015 10 20
年 月 日

배우자

이케아 제품을 조립하고 나면
발달되는 특정 근육이 있다.
이케아 근육이다.
이케아의 모든 가구를 쉽게
조립할 수 있게 발달되어 간다.

아이들 방에 필요한 가구를 잔뜩 조립하던 날

2015 11 15
年 月 日

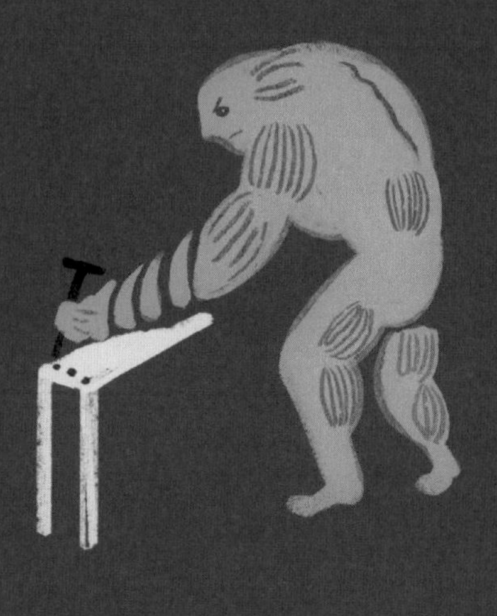

IKEA 근육

디자인을 하면서
자주 놓치는 것.
Desig人

2015 11 24
年 月 日

DESIG人

그 슬픔을 안다.
안고 함께 가자.
우리는 서로 알고
같이 안는다.

2015 12 26
年 月 日

슬픔을 안다

그리워하는 마음이
그리게 하는 그림
그리움 그림.

2015 12 30
年 月 日

그 리 움

궁둥이

2016

너무 아득하여 닿을 방법은 모르겠다.
생각하고 있자면 가슴이 뛰고,
얼굴이 상기되며,
스르르 미소가 지어지고,
나도 모르게 몸에 힘이 들어가
걸음걸이조차 우스꽝스러워지는
그런 것들이 바로 꿈이 아닐까.
돈 드는 일도 아닌데 멋지게 꾸미며 꾸어보자.
혹시 아는가, 이루어질지!

2016 年 1 月 20 日

꾸 밈

또 다시 길바닥에서
이런 거지를 만나겠지.

2016 年 1 月 20 日

그지

고맙다.
반갑다.
수고했다.
한 잔 하자—
짠!!!
잔 소리 들으니
참 좋다.

2016 年 1 月 24 日

잔소리

화장실 들어갈 때 마음
화장실에서 나올 때 마음
달라지는 똥 같은 마음
바로 변심.

2016 年 1 月 26 日

변 심

지적으로 대화 좀 나눕시다.
지적하는 대화 말고.
남의 흠을 입 밖으로 내는 순간 대화는
지적知的 영역을 벗어나
지적指摘의 세계로 접어든다.
남의 흠결이 어찌 그리 잘 보이는지,
그것이 나만의 특별한 능력이라는 생각이 들 수도 있지만
어쩌면 나의 흠을 덮으면서 생긴
자책의 능력은 아닐까.
남에게 보이는 흠은
자신 안에서 익숙한 흠일 확률이 높다.

2016 年 2 月 11 日

지적 대화

장조림보다
감자조림보다
갈치조림보다
더 짭조름한
마음 조림.

막상 문제가 닥치고 보면
생각했던 것보다 별 것 아니다.
막상 고백을 하고 나면
졸였던 마음보다 훨씬 담담하다.
그렇게 졸였던 마음속의 짭조름함이
매번 남아 있다가 다시
그럴 일이 생기면 어느새
우러나와 마음에
자작하게 차오르곤 한다.

어떤 미안함 때문에 마음을 졸이다.

2016 3 7
年 月 日

마음 조림

굳이 고개를 들어
보게 만드는 봄.
길 가다 쳐다보며
봄을 찾아 봄.

2016 年 3 月 9 日

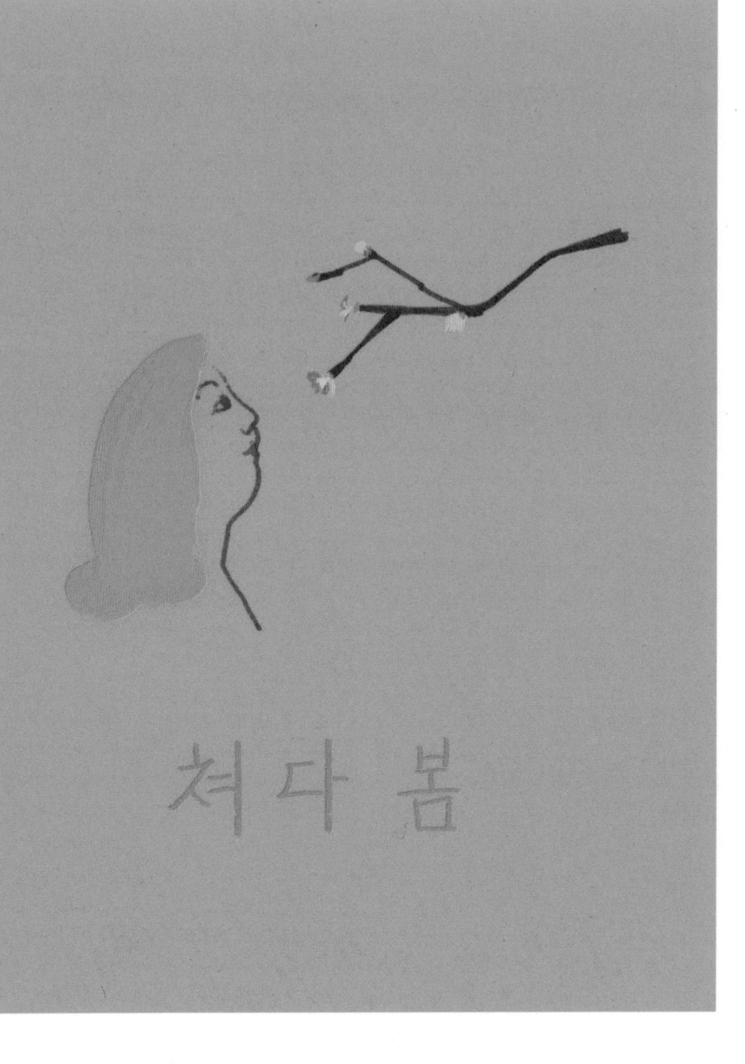
처다 봄

또박또박 걸어가자,
헤매더라도.
또박또박 말하듯이
또박또박
또박또박
또렷이 걸어가자구나.

2016 年 3 月 15 日

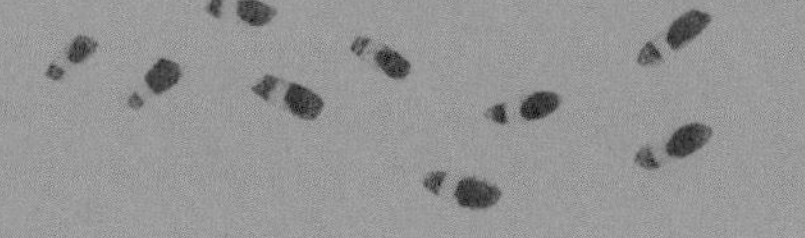

또박또박

별을 보다 보면 뜻밖의 이야기를 듣게 된다.
마치 별책부록 같은…….

새벽 산책을 즐기는 이유는
그때가 한창 일하던 중이거나
일을 마무리하는 시간일 경우가 많아서이다.
새벽 산책은 뒤죽박죽
엉킨 이야기를 풀어주는
고마운 시간이기도 하다.
매일 보기는 힘들지만 가끔
하늘에 꾹꾹 박혀 있는 별을 볼 때면
부록 하나 챙겨가는 기분이다.

2016 3 17
年 月 日

별책부록

자연을 생각한다면
지극히 자연스러운 생각이
필요하다.

2016 年 3 月 22 日

자연스러운 생각

아이야,
넘어지고 다치는 것은
너의 잘못이 아니란다.

2016 年 5 月 6 日

아이야!

우리는 각자 소리의 몫을 가지고 있다.
자신이 내어야 하는 소리의 몫 말이다.
몫 소리가 침묵할 때
중요한 것, 소중한 것이 묻혀버릴 수 있다.
자신의 몫 소리를 내며 살자.
행여 그 소리가 작더라도 말이다.

2016 年 6 月 13 日

목소리

오랜만에 밤 산책에
탁한 하늘 뚫고
반갑게 별첨된 벗,
별.
별동무.

2016 年 6 月 14 日

별 첨

고운 빗질 덕에 공연한 우산 하나 더 생겼다.
일을 보고 나서는데 시원한 빗줄기가 곱게도 내린다.
어찌나 곱고 가지런하게 내리는지
섬섬옥수 닮은 머리 결인가 싶다.
편의점에 들러 우산 하나 사 들고 서 있자니
이렇게 늘어난 우산 식구들 생각이 슬며시 난다.

2016 年 6 月 22 日

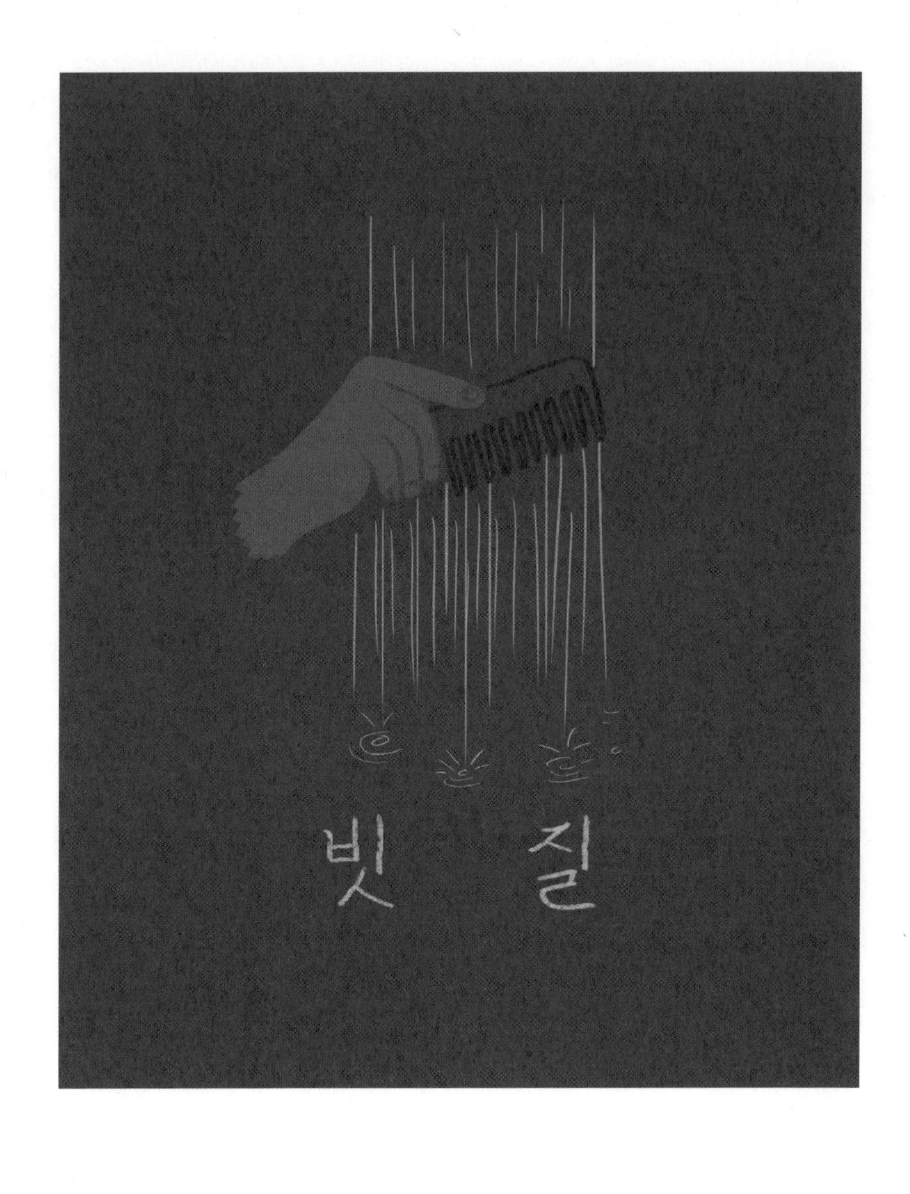
빗질

이제, 단식 경기를 시작할 때.
살도 좀 뺄 겸 테니스를 시작했다.
여럿이 하는 복식도 재미나지만 나에겐
단식도 필요하지 않을까 싶다.
단식!!

2016 7 4
年 月 日

단 식

비는
여러 가닥의
현

2016 7 5
年 月 日

Let It 비

내 걸음걸이와 같은 속도의 바람이 불 때는
누군가와 함께 걷는 것이다.
누군가의 손등을 지나온 바람결이 지금 내 손등 위로,
나와 같은 걸음으로 함께 걷는다.

2016 年 7 月 13 日

바 람 결

'잡히지 마라', '죽지 마라', '엮이지 마라'라는
자연의 섭리를 가르쳐주는 조기의 교육은 우리에게도 필요하다.
우리도 그들과 별반 다를 게 없기 때문이다.

2016 7 19
年 月 日

잡히지 마라 ....
죽지 마라 ....
엮이지 마라 ....

조기 교육

더
더
더
더
위로 올라가는
이 여름 더위는
역시 나보다
한 수 위!

연일 34도 31도 30도.

2016 7 24
年 月 日

더더더 더워

맴 맴 맴 맴 내 맴 좀 받아주오.
땅속에서 17년을 살고,
나무 위에서 보내는 마지막 한 달 동안
목이 찢어져라 제 짝을 찾는 매미.
이 여름, 이 뜨거운 열대야에
나는 그들만큼 치열하고 헌신적으로
밤을 보내고 있는가.

여름 한가운데 어느 밤, 목 놓아 우는 매미 소리 사이를 걸으며

2016 年 8 月 5 日

맴맴맴 내맴 좀 받아주

다른 이의 행복을 바라는 마음이 없다면
나 또한 행복해질 수 없다.
행복은 혼자 만들 수 있는 것이 아니다.
행복은 여럿이 함께 걷는 길과 같아서
혼자서 만들거나 누리기는 힘들다.
Good for You!

2016 年 8 月 18 日

굿 포 유

이러다가는 몸뚱이가 그저
술을 담아 놓는 그릇 정도밖에 안되겠어.

2016 年 8 月 28 日

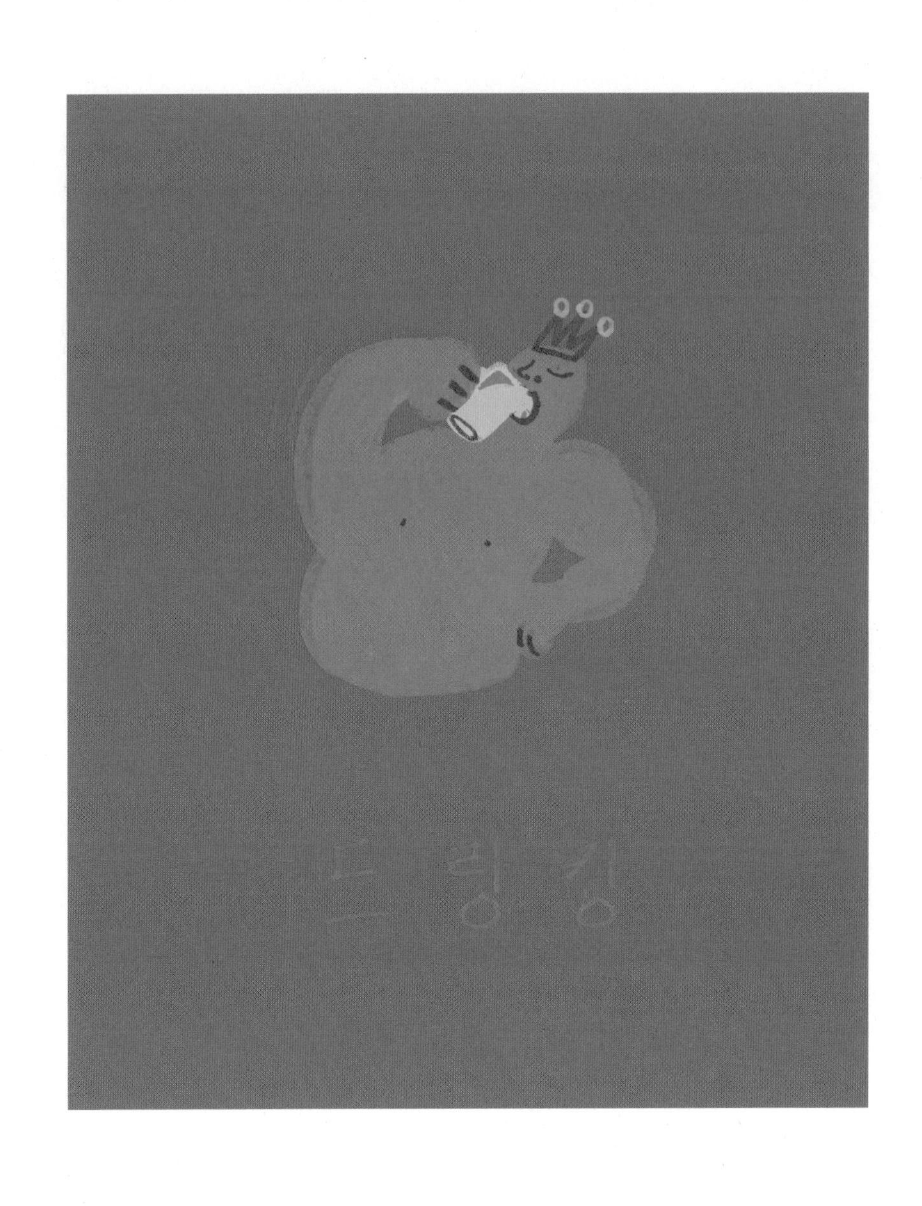
드링킹

산책하기 좋은 날.
책을 사러 가는 날에는 유난히 많이 걷게 된다.
책을 사서 들고 오는 길에 많은 것을 보게 된다.
내가 산 책의 제목과 문장들이 어느새 뛰어나와
내가 걷는 길의 모든 것과 뒤엉켜 있다.
그래서 내가 산 책은 서점에 진열되어 있던 책과는
다른 책이 된다.

을지로-청계천-종로-광화문

2016 8 28
年 月 日

산책

태어나자마자 돈 걱정을
기본으로 장착하고 살아야 한다.
우리가 걱정할 일들이 얼마나 많은데
겨우 돈 걱정에 발목을 잡혀
여러 가지를 허비하게 되는구나.
돈 워리.
Don't worry.

2016 8 31
年 月 日

돈 워리

이따위로 일을 하다가는 나는 결국 job놈이 되고 만다.
일이 나를 망치게 두어서는 안 된다.

원고 청탁을 받아 스케치를 보냈다. 그리고 원고 수정에 관한
메일이 여기저기에서 왔다. 아뿔싸! 몇 가지 일이 겹치는 바람에
스케치를 서로 바꾸어 보낸 것이다. 하지만 스케치에 대한
피드백은 색감이나 스타일 등 소소한 수정 제안이 전부였다.
스케치가 바뀌었는지 모르는 입장에서 보면 각자 이해가 가는
그림이었나 보다. 나는 이대로 진행할까 고민, 고심했지만
작가로서의 의무감이 발동하여 실수를 고하고 원래 스케치를
각 업체에 다시 보냈다. 그러나 결론은 두 업체 모두
첫 스케치가 마음에 든다는 답으로 돌아왔다.
나는 작업에 혜안이 없나 보다. 어정쩡한 바보가 된 상태로
일을 마무리해주었다. 정말 잡놈스러웠다.

2016 9 9
年 月 日

JOB 놈

해를 거듭하며 전 도사의 능력을 차차 높이더니
올해 역시 어마어마한 전지전능함을 한껏 발휘하는 부인.
고맙습니다. 남의 성씨 가문의 제사를 꾸리는 당신에게 늘
미안하고 면목없지만, 올해도 역시 전이 맛나는구료.

어김없이 추석

2016 9 13
年 月 日

전지전능

나는 몇 가지 색에 지나치게 치중되어 있다.
좀 더 다양한 색깔을 가지고 싶지만
타성에 젖어 모든 색을 포용하기 힘들다.
더욱 다양한 색을 보며, 생각하고
색깔에 차별과 감정을 싣지 않기 위해서
내게 부족한 색을 넣어서라도 균형을 찾고 싶다.
나에게는 색 약이 필요하다.

2016 10 1
年 月 日

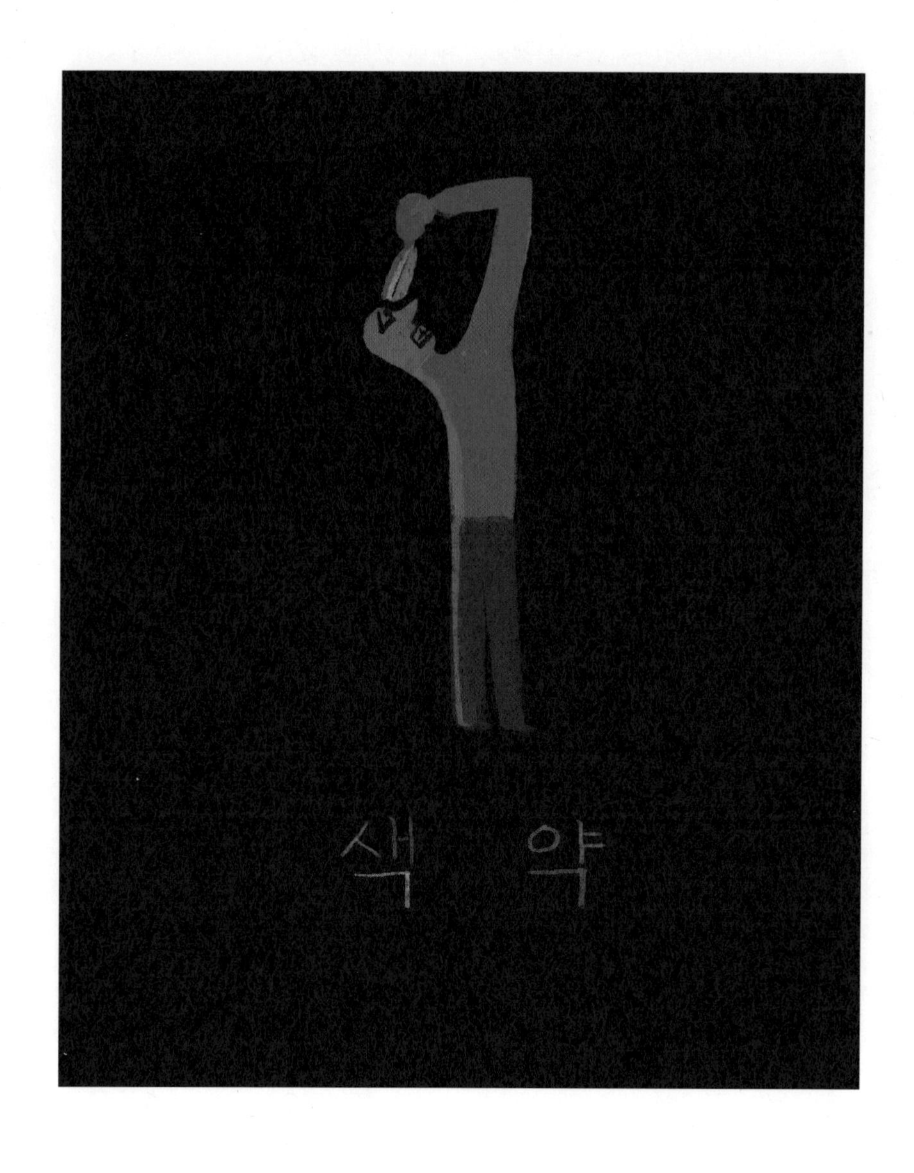
색 약

바람과 나무 그리고 파도 소리가
멀리서도 왔구나, 고맙다.
낮잠을 자다가 문득 바람인지 파도인지
모를 소리에 눈 감은 채 깨어 가만히 소리를 듣는다.
강원도 동해에서 몰고 온 소리인지
해남 남해로부터 몰고 온 소리인지
소나무 바람이, 전나무 바람이
파도 소리를 몰고 여기까지 왔다 보다.
먼 길 오느라 참 수고했다.

2016 年 10 月 3 日

파도

건물을 지은 이도 있고
훌륭한 글을 지은 이도 있지만
매일 짓는 밥은
어느 건물보다 굳건하고
어느 소설보다 꼬들꼬들하다.
밥 지은 이에게 무한한 갈채를!

2016 10 16
年 月 日

지은이

불현듯 마음을 읽힐 때가 있다.
나도 모르게 마음을 슬쩍 보여주었을 수도 있고,
우물쭈물하는 사이에 드러났을 수도 있다.
막상 누군가 내 마음을 읽었는데
뒤죽박죽이어서 알아볼 수 없다면 민망할 것 같다.
그래서 항상 멋진 글자로 또박또박 잘 써놓고 싶지만
기분 따라 휙휙 휘갈겨 써 놓을 때가 많다.

2016 10 24
年 月 日

마음을 읽히다

도로 위 바퀴벌레 박멸이야말로
그 어떤 백신 연구보다 인류 수명 연장에
큰 도움이 될 것 같다.

2016 10 24
年 月 日

바퀴벌레

낙엽이 굴러 다닌다.
둥글지도 않은 녀석들이 잘도 굴러 다닌다.
여름과 가을 내내 나무에 매달려 있던 것이
못내 답답했는지 데굴데굴 잘도 굴러 다닌다.

2016 11 2
年 月 日

낙엽이 구른다

신비로운 비밀을 감추고
어디로 날아갔느냐, 직박구리야!

비밀을 품에 앉은 채
어디로 숨었을까?

꼭꼭 숨어라,
아무도 찾지 못하게.

누구나 한번쯤 만들어 봤을 비밀의 폴더

2016 11 22
年 月 日

직박구리

그날 그 자리에 섬.
그날 이후 우리에게
섬 하나가 생겼다.
다시 시간을 돌리고
바로 세워
모든 것을 꺼내오고 싶은
섬.
꼭 기억하겠습니다.

2016 12 26
年 月 日

섭

Table Job

2017

한번쯤
빠져 볼만한
중독!

2017 年 1 月 5 日

읽중독

어떤 이야기는 너무 쓰디써서
한 줄을 쓰기도 힘이 든다.

2017 年 1 月 17 日

쓰다 쓰다

라파엘 나달은 경기를 하기 전에
몇 가지 루틴을 의식처럼 행한다.
똥꼬에 낀 바지 빼기, 얼굴에 볼 터치,
음료수의 위치와 음료를 마시는 횟수, 바운딩 볼 등
경기에서 이기기 위한 자신만의 의식을 치른다.
이러한 주술 같은 행동은
자신의 징크스를 없애기 위한 것이다.
물론 이것이 승리만을 위한 의식이라고
생각하지는 않는다. 패배의 요인을 징크스에서
찾지 않고 자신의 실력에 기인하기 위한
행동일 수도 있다. 모든 루틴을 수행했는데도
패배했다면 그 원인은 징크스가 아니라
자신에게서 찾을 수 있다.
이것을 냉정하게 인정하고 다음을 준비하기 위한
설계가 루틴의 진짜 목적이 아닐까.

나도 어떤 일을 그르치게 되면 그 원인을
외부에서부터 찾기 시작한다. 몇몇 그런 원인을
용케 찾아내어, 변명을 위한 분석을 늘어놓기도 한다.
하지만 나는 이내 눈치를 챈다, 아니,
진작에 알고 있었다. 이 사달의 원인은 바로
나라는 것을 말이다.

2017 年 1 月 30 日

ROUTINE

매일매일 헌것이 되는 나는
매일매일 새것의 아침을 받아 쓰는데
허름해진 내 몸을 보이기 싫어
일부러 뒤척여 외면한다.
매일매일 새것을 가져다 주는데
나는 어제의 찌꺼기를 버리지 못하고
퀴퀴하게 쌓아 두고 있구나.

2017 年 2 月 10 日

새벽

개나리~ 납시옵니다.
조금 늦게 행차하시어
종종걸음으로 오시느라
고생 많았습니다, 나으리~

긴 꽃샘추위에 늦게 핀 개나리를 보다.

2017 年 4 月 8 日

개 나으리 납시오~

우리의 초능력이 발휘되는 시간이다.
염력이나 쓰는 엑스맨의 초능력도,
힘 자랑하는 수퍼맨의 초능력도
우리의 초 능력에 비하면 별 것 아니다.

2017 年 5 月 5 日

초능력

어디서 좋은 꿈을 꾸어 왔으면
그것을 갚는 방법은 행동으로 옮겨
그 꿈을 실천하는 것 밖에 없다.
공짜로 꾸어 주는 듯한 꿈이지만
자신의 것이 되기까지는
많은 결단과 행동이 필요하다.

2017 5 8
年 月 日

꿈을 꾸다

우주宇宙의 악당들이 너무 많아
우주전쟁을 치르고 있는 나라.
악의 무리를 무찌르려면
우주의 용사들이 다시 뭉쳐야 하나!

집은 한 가족의 우주이자 생존의 토대이다.
우주법이 어떻게 되고,
돈을 얼마나 벌어들이는지 모르겠지만
악당들은 결국 정의의 광선검에
두 동강으로 잘릴 날이 올 것이다.

2017 年 7 月 1 日

집宇 집宙

Plan B가 필요하다.
요즘 같은 가뭄이 지속되는 날에는,
플랜 비로 대지가 흠뻑
취할 수 있었으면 좋겠다.

여름 가뭄에 시달리다.

2017 年 7 月 10 日

플랜 비

이런 분식회계라면
얼마가 들더라도 산뜻하고,
포만감을 주며
힐링이 되지 않을까.

2017 年 8 月 1 日

분식회계

장마가 지날 때쯤
습기가 적당히 오르고
기온과 체온이 비슷해지니
나무들의 '숨'이
코에 가득 찬다.

그렇게 나무의 숨결이
내 '숨'과 뒤엉켜 진동하고
난 그제야
다른 이의 '숨'에 경외심이 생긴다.

서로의 숨은 연결되고 엉켜
폐 속 뿌리 끝까지 공유되는 것.
그 어떤 한 줌의 숨이
치열하지 않겠는가.

2017 年 8 月 3 日

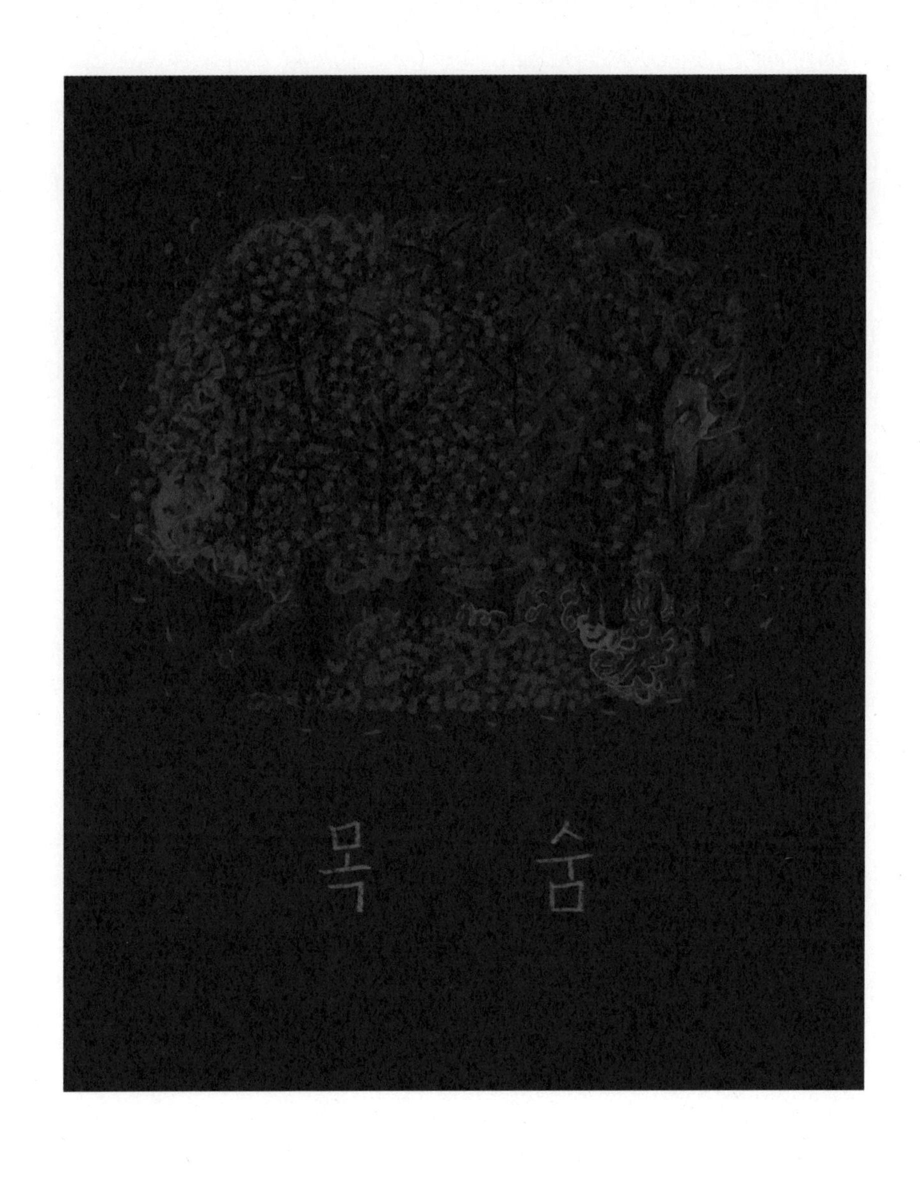
목 숨

예쁜 구름 하나를 보았다.
보자마자 미소가
사르르 지어지는.

잘 피어올라 뚝 떨어져 나온
구름 하나 보니 오늘
운빨이 좋을 모양이다.

2017 年 8 月 22 日

운 빨

내 목에 걸린 메달.
무엇을 잘해서 받은 메달은 아니지만
내게 걸린 최고의 메달.

. 2017 11 25
年 月 日

매달리스트

날씨가 추워지니
감기가 슬슬 돌아다닌다.
내복이 약이다.
전기도 아끼고
감기도 피하며
내복약도 안 먹을 수 있다.

2017 11 30
年 月 日

내 복 약

요즘 책 잡힐 일을 하고 있다.
책이 잘 만들어지길 바라는 마음과
많이 잡혀가길 바라는 마음이 있다.

2017 11 30
年 月 日

책 잡힐 일

이런저런 스펙은 있지만
이 스펙은 내가 못 쌓을 듯 하다.
아내에게 죽기 전에 한번은
만져보게 해주겠노라 이야기는 했지만
씩씩한 이 녀석들 갖추기는
이번에는 힘들 듯.

2017 12 1
年 月 日

씩스펙

일주일 동안 미루었던 일을 하듯
회심의 일격을 가하듯
희망의 여러 조각 중 한 조각을 써내려 가듯
신주 단지처럼 지니고 있던
꼬깃꼬깃한 종이를 꺼내어
한 자 한 자 맞춰가며
기도를 하듯 지그시 눈을 감기도 하며
정답이기를 바라며
학창시절 시험 답을 찍어 내려 가듯
숫자 하나 하나를 마킹한다.

주뼛거리며, 주변을 살피며
토요일 아침 편의점은 분주해진다.
행운이든, 확률이든
찰나의 행복을 상상하는 얼굴은 모두
상기되어 있다.

돈이 행복의 필수조건인지는 모르겠으나
여전히 부재에 의한 불편이 역력하니
함부로 돈을 재단하기도 힘들다.
토요일 편의점 안은 이런 이유로 분투 중이다.

LOTTO, a lot to me

2017 12 2
年 月 日

A LOT TO ME

사람합니다.
사람입니다.

2017 12 12
年 月 日

눈 내린 날, 아이들이 신나게
뛰어 논 후의 논밭에는 이리저리
발자국이 흩어져 있다.
무엇이 그리 재미있었는지 재잘거림이
발자국 위에 아직도 남아있다.
즐거움과 웃음 소리는 발도장과 함께
꾹꾹 찍혀 이리저리 뛰어다니고 있다.
눈밭 위로 즐거운 이야기가 가득하다.

2017 12 19
年 月 日

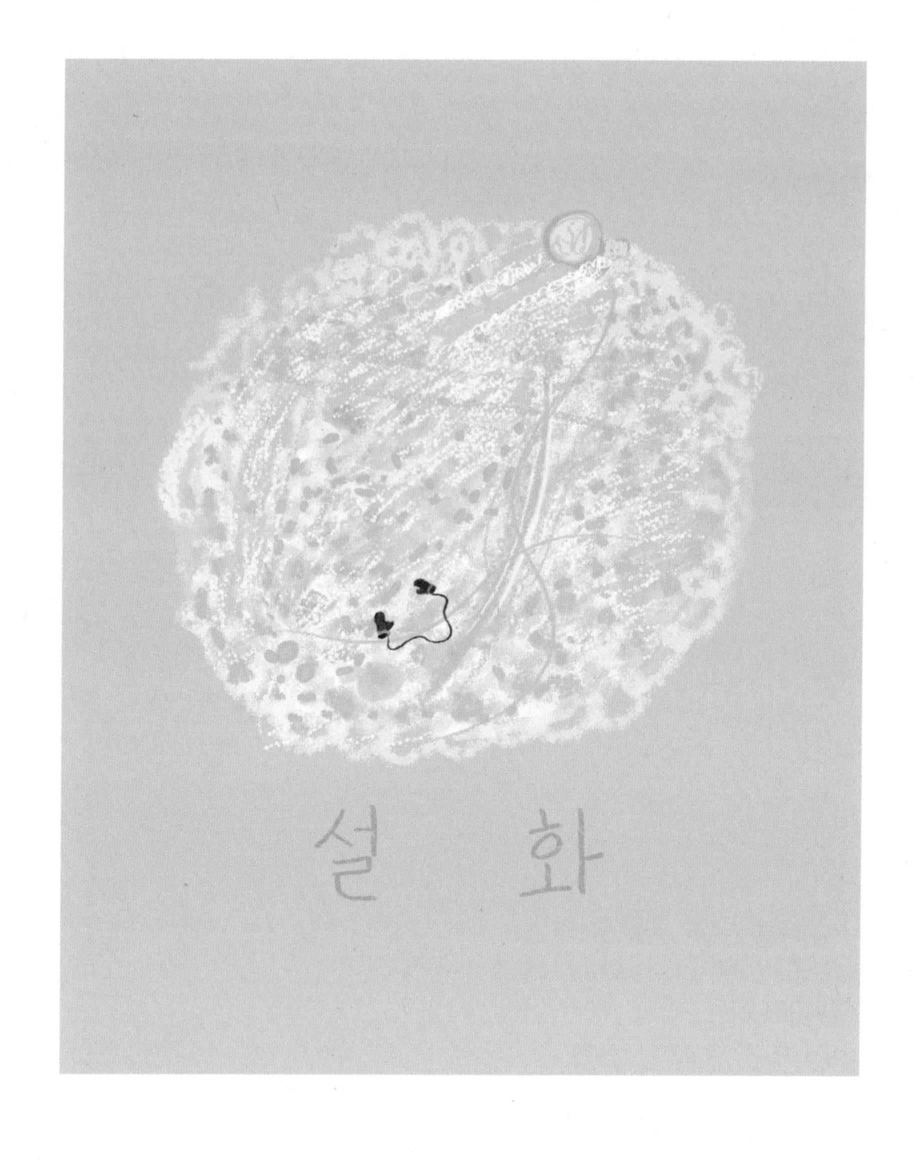
설 화

이천십팔 년도 운빨 좋게
개운한 한해 되시길 바라지만
십팔에 개에…
화려한 해가 될 것 같다.

2017 12 24
年 月 日

개운한 새해

epilogue　이 책의 시작

2012년 런던올림픽이 시작할 무렵,
올림픽경기와 관련된 재미있는 그림을
그려 달라는 의뢰를 받았다. 지루하지 않은
다양한 형식을 고민하던 끝에 글과 그림 하나에
올림픽 경기를 담는 '글그림' 형식으로 구성했다.
함축적인 메시지를 중의적으로 재치있게
표현하려 노력했고 그림은 되도록 간결하게
그렸다. 아쉽게도 실제 칼럼에는 다른 형식으로
들어갔지만, '글그림'을 개인 SNS에 올리면서
많은 호응을 얻었다.

뜨거운 여름과 런던올림픽이 지나고, 가을
한가위 달을 쳐다보다가 '풍덩 빠져서
수영이라도 하고 싶군!' 이라는 생각이 들었다.
그렇게 나온 첫 '글그림'이 'Pool Moon'이다.
이것이 계기가 되어 생각날 때마다 단어를
정리하고, 소소한 사건을 이미지나 키워드로
표현하는 방법을 고민하고 연습해보니 꽤
매력 있는 채널이 열리게 되었다. 그후, 나는
'글그림'을 일기처럼 써 나갔고 하루하루를
기록하는 일이 자연스러워졌다.

〈글 그림〉에는 개인적으로 중요한 날도 있고,
시대적으로 슬픈 날도 있고, 누구나 공유할 수
있는 감성도 있다. 하루하루를 기록하거나

클리핑하고 아카이브를 만들다 보니, 일상의
즐거움을 발견하는 일이 소중해 졌고, 슬픔을
공감하는 일이 자연스러워 졌으며, 미안한
마음을 진솔하게 표현하게 되었다. 가족에게
좀 더 눈을 돌리고, 작은 것에 집중하고,
부딪치는 모든 것들의 의미가 깊어지는 오늘을
표현하는 것은 이제 내게는 중요한 의식이
되었다.

'오늘 하루'는 수많은 날들 중 가장 중요한
날이고, 그 안에는 수많은 보석이 숨겨져
있지만, 우리는 그것을 내일이 되어서야
눈치를 챈다. 그리고 그 후회로 또 다른 오늘을
소비하고 나면, 결국 어떤 오늘은 기억하지
못하는 날이 되어 버린다.

〈글 그림〉은 습관으로 완성된 작업이며, 타성에
젖는 것을 경계하면서 6년 동안의 '오늘'을
메모하고 엮은 소중한 이야기이다. 오늘을
들여다보고 또 보며, 닦고 문지르고 다듬어
보석이 된 여러 날의 '오늘'을 이제 꺼내놓는다.

이철민
2018년 3월

매일 다른 오늘에 관한 기발한 기록
글 그림

펴낸 날 초판 2018년 4월 1일

지은이 이철민

펴낸이 김민경
디자인 이기준
교정 그레이스 최
인쇄 예림인쇄

펴낸곳 PAN n PEN
출판등록 제307-2015-17호
주소 서울 성북구 길음로9길 40
전화 02-6384-3141
팩스 050-7090-5303
전자우편 panpenpub@gmail.com

저작권 ©이철민, 2018
편집저작권 ©PAN n PEN, 2018

이 책은 저작권법에 따라 보호를 받는 저작물이므로
무단 전재와 무단 복제를 금지합니다. 이 책 내용의 전부
또는 일부를 이용하려면 반드시 저작권자와 팬앤펜의
서면 동의를 받아야 합니다. 제본, 인쇄가 잘못되거나
파손된 책은 구입하신 곳에서 교환해드립니다.

ISBN 979-11-958828-6-1 03810
값 18,000원